AF590621

SUITE
DES CHANTS
HÉROIQUES
ET POPULAIRES
DES SOLDATS ET MATELOTS GRECS;

Traduits en vers français

Par M. Népomucène L. Lemercier,

DE L'INSTITUT ROYAL DE FRANCE (ACADÉMIE FRANÇAISE).

Ο νόμος νά 'ναι πρῶτος καὶ μόνος ὁδηγος.
(*Chant de* RHIGAS.)

PARIS.

URBAIN CANEL, LIBRAIRE,
RUE SAINT-ANDRÉ-DES-ARTS, N° 30.

AUDIN, QUAI DES AUGUSTINS, N° 25.

1825.

L'HYMNE GUERRIER

DE

RHIGAS.

Pallikares! est-ce à jamais
Que, vivant en lions, errans et solitaires,
Aux creux des noirs ravins, sur les âpres sommêts,
Nous cacherons nos pas dans le fond des repaires?
Fuirons-nous toujours aux forêts
Le monde, la patrie, et nos toits, et nos frères?

L'effroi de la captivité
Nous doit-il condamner à cet exil sauvage?
Une heure seulement d'un jour de liberté
Vaut mieux que de longs ans traînés dans l'esclavage.
Que sert de vivre à la fierté
Qu'à chaque instant menace ou la mort ou l'outrage.

Sois Bey, Prince, ou Visir puissant,
Ta vie injustement n'en est pas moins tranchée :
Le despote en est maître. Un soin obéissant
A lui complaire en vain tient ton âme attachée :
Son ardente soif de ton sang
Ne s'apaisera pas qu'il ne l'ait étanchée.

Mêmes victimes du pouvoir,
Musulmans et chrétiens, de tout rang, de tout âge,
L'ont servi le matin, et sont tombés le soir.
Compte tous les grands noms des martyrs de sa rage!
Leur sort terrible est un miroir
Où d'exemples frappans s'offre à tes yeux l'image.

Rallions-nous! et sous la croix
Par de communs sermens consacrons notre zèle.
Soumettons nos vertus au seul pouvoir des Lois :
Non moins que les tyrans l'anarchie est cruelle.
Elle change en monstres des bois
Les hommes ennemis de la paix fraternelle.

SERMENT.

O roi du monde! auteur des justes lois,
Nous te jurons de ne point les enfreindre.
De nos tyrans affranchis par ta voix,
Nos cœurs unis te jurent à la fois
De ne jamais les servir, ni les craindre.
Je combattrai, je mourrai pour nos droits :
Et si, dans la guerre allumée,
Je trahis mon chef ou nos rangs,
Grand Dieu! que ta vengeance armée
Me brûle en ses feux dévorans,
Et que je m'exhale en fumée.

D'un même élan, d'un même cœur,
De l'aurore au couchant, des mers hyperborées,
L'Hellade, ouvrant ses bras, appelle votre ardeur.
Par-delà le Danube, ô races illustrées,
Monte le cri de sa douleur
Qui vous réclame, ô Grecs! de toutes les contrées.

L'éclat des glands d'or étranger
Pare moins un guerrier qu'une palme civique.
Vous, dans l'art des combats instruits par le danger,
Refusez votre épée au despotisme inique:
Accourez! osez la plonger
Dans le sang corrompu de l'hydre asiatique.

De Souli, vous, lions fameux,
Sortez des rocs déserts où votre orgueil soupire !
Ours du Pinde ! éperviers de l'Agrapha brumeux !
Grands aigles de l'Olympe ! et vautours de l'Épire !
Que sous vos ongles belliqueux
Succombe déchiré le tigre qui déchire !

Dauphins crétois, fendez les eaux.
Vous, alcyons d'Hydra, de Samos menacée,
Des îles de nos mers aquatiques oiseaux,
Tous, volez vers Psara, dont la force est pressée
Par d'incendiaires vaisseaux,
Et dirigez sur eux notre foudre lancée.

Que la mer, la terre et les cieux
Secondent l'héroïsme et la Grèce captive !
Qui ne craint rien peut tout. Ce Turc impérieux,
Du lièvre palpitant la race est moins craintive.
Extirpez son sceptre odieux ;
Et soudain fuit le Crime, et la Justice arrive.

NOTICE.

L'hymne de Rhigas est un de ceux que l'enthousiasme patriotique des guerriers qui l'ont répété dans la Grèce a rendu fameux dans l'Europe : il est devenu le chant militaire des Hellènes, armés aujourd'hui pour leur liberté. M. Pouqueville en avait inséré le texte dans ses ouvrages, texte connu depuis plusieurs années dans la France. On y reconnaît en quelques passages l'empreinte des idées que la philosophie moderne a propagées; mais les plus beaux mouvemens qui le caractérisent se font discerner par leur rapport avec les anciennes formes de l'imagination des Grecs montagnards. Ces morceaux me paraissent les plus précieux à conserver en leçons de l'art, dont ils sont les types, les élémens primitifs, à cause de leur originalité poétique : je les ai extraits soigneusement de la totalité de l'ouvrage, qui renferme des maximes et des invocations plus communément en usage dans nos odes, et qu'on sent avoir été déjà fournies à l'auteur, par l'étude des poëtes de nos villes et par l'éducation académique. Les grands et beaux traits que j'ai dégagés des amplifications qui les ralentissent, sont ceux-là mêmes qui ont fait la célébrité de cet hymne, auquel le ton uniformément sentencieux du reste, n'ajoute aucun éclat. Ce chant de Rhigas, qu'on peut nommer *le chant du ralliement*, contraste magnifiquement, dès son exposition, avec les accens fiers de ce *chant du départ de Sterghios*, que nous avons traduit : celui-ci invite ses Pallikares à quitter les plaines et les cités qu'habite la servitude, et à se réfugier aux cavernes des bêtes sauvages, moins cruelles que leurs tyrans; celui-là, au contraire, exhorte les Grecs à se rallier du fond des déserts contre les oppresseurs, et à les chasser comme des loups et des tigres.

Rhigas, digne élève des Muses grecques, fut l'ardent moteur des conspirations formées pour l'affranchissement de sa patrie; les supplices ni la mort ne lui arrachèrent le secret et les noms des généreux conjurés que lui associa le courage.

LA MORT

DE

DIAKOS.

Quel noir essaim fond dans la plaine
En troupe de corbeaux unis?
Serait-ce Kalyvas, ou toi, Lévtojannis?
Non, de vingt mille Turcs c'est la horde inhumaine,
Que, pareille à l'orage, entraîne
La fureur d'Omer-Vrionis.

Diakos les découvre, et son grand cœur s'attriste.
« Rassemblez nos guerriers des forts les plus lointains :
« Qu'au pont d'Alamana leur courage résiste :
« Prodiguez le salpêtre et le plomb à leurs mains. »
Il parle ; et vers l'abri qu'il désigne à ses frères,
Courent chefs et soldats, au péril déjà prêts,
Ceints de leurs légers cimeterres,
Chargés de leurs pesans mousquets.
« Courage! (et dans leurs rangs c'est Diakos qui crie)
« En Hellènes, en Grecs, défendez la patrie! »
Mais la peur les disperse en d'épaisses forêts.
Lui seul et dix-huit chefs combattent dix-huit mille.
Déjà son fusil tombe en éclats fracassé ;
Et lui, non moins fougueux qu'agile,
Déjà, le sabre en main, dans le feu s'est lancé.
De Musulmans par lui quel nombre est terrassé!
Mais son sabre se brise ; et sa valeur guerrière,
Vivante, se sent prisonnière.
De mille hommes suivi, de mille devancé,
Tous comprimaient l'effort de sa constance altière.
« Sois Turc, lui dit Omer, pour ébranler sa foi :
« Abandonne l'autel de ta Vierge attaquée.
« Du croissant préfère la loi
« A celle qui d'un brave est en vain invoquée. »
« — Turcs impurs! puissiez-vous périr!
« Anathème sur vous et sur votre mosquée!
« Né Grec, je vécus Grec, et Grec je veux mourir.

« Mais prenez de mon or l'abondance amassée;
« Et que je vive jusqu'au jour
« Où du fier Athanase, et du noble Odyssée
« Me doit consoler le retour. »

« — Et moi, dit à ces mots Kalil-Bey qui soupire,
« Je triple tous ses dons pour que ce Klephte expire.
« S'il prolongeait les coups qu'il porta tour à tour,
« Diakos des Osmans ferait crouler l'empire.

Ce discours est l'arrêt qui le livre au martyre.
Mais sur le pal sanglant où son corps est dressé,
Terrible à ses bourreaux, lui, peut encor sourire,
Et sa voix leur prédit le croissant renversé.
« Oui, pour anéantir le sceptre de Bysance,
« Et de l'humanité soutenir le combat,
« Viens, arrive, Odyssée! ô Nikitas, avance!
« La Grèce par ma mort n'a perdu qu'un soldat. »

NOTICE.

Le même caractère historique qui distingue les chants de la première moitié de ce recueil éclate dans les premières pièces de la seconde partie que nous publions. Elles sont composées et exécutées d'après un système pareil à celui que nous avons analysé préliminairement, et dans chacune des notices qui accompagnent chaque morceau. Les chants suivans, qui ne roulent que sur des aventures pastorales et privées, ou sur des allégories morales, fourniront matière à des remarques nouvelles sur les différences et sur les analogies des méthodes que les poëtes grecs modernes ont employées.

Il serait superflu de relever dans l'esprit du lecteur l'idée qu'il aura conçue des beautés poétiques de ce chant militaire sur la mort de Diakos : sa clarté, sa précision, son ordonnance rapidement narrative et dialoguée, ne l'auront pas moins vivement frappé que l'importance et le pathétique de l'action racontée. J'ai continué de mettre un soin exact à conformer ma traduction au texte, et n'ai pas même osé supprimer des noms personnels qui gênaient un peu l'élégance et troublaient l'euphonie des vers. La gloire et la mort ont rendu ces noms sacrés. Tout ce que j'ai pu me permettre, c'est de contracter celui de *Léventoïannis*, afin d'alléger l'hémistiche qui l'unit à celui de *Kalyvas*. Il en est de même des désignations de lieu; j'aurais désiré citer le pont du Sperchius, fleuve connu par les poésies anciennes; mais j'ai dû inscrire le pont d'*Alamana*, dans la crainte de rien dénaturer, pour ne pas changer les couleurs propres à ce sujet récent, et pour faire céder l'ornement à la vérité.

Diakos, Livadien, partagea le commandement des Armatoles avec le fameux Odyssée, alors capitaine dans les troupes d'Aly-Pacha : il resta seul chargé de l'autorité militaire en

Livadie. Ce fut Diakos qui, le premier, combattit et périt pour la liberté des Hellènes, dont il suscita le soulèvement général contre les iniquités des pachas et du divan. La fin de ce courageux martyr est supérieurement peinte dans cet hymne funèbre.

LA MORT

DE

GEORGE ET DE PHARMAKIS.

Le printemps s'est montré sous un triste appareil :
L'été qui le suivit fut orageux encore :
Automne plus fatal ! tu fais voir à l'aurore
Et George et Pharmakis troublés dans leur Conseil.

« O George ! Allons ensemble aux champs de Moscovie
» — Non, immolons, ami, la prudence à l'honneur.

« Nos Klephtes railleraient ce soin de notre vie,
« Si nous quittions l'enceinte où s'arme leur valeur.
« Peut-être que du Czar la troupe auxiliaire... »
Il disait : de Sékos partent mille clameurs.
Quel ramas de guerriers en nue incendiaire
Vole, et noircit des monts les arides hauteurs !
Est-ce un heureux secours que le ciel nous envoie ?
Sont-ce des étendards amis ?
Non, l'aspect des drapeaux que l'air au loin dépolie
D'aucun secours heureux ne nous promet la joie :
Ce sont les Turcs ; ce sont quinze mille ennemis.

Les rangs de leurs canons cernent la basilique,
Et partout de Sékos ils dominent le fort.
Les uns battent ses flancs, les autres son portique ;
D'autres encor son faîte antique.
A deux mille Ottomans ses murs donnent la mort :
Leur foule aux champs voisins recule épouvantée,
Et de Kombolaki l'approche ensanglantée
De leurs flots repoussés voit expirer l'effort.

Mais les yeux d'un pacha surveillaient la tempête :
Il cria d'une forte voix :
« Ahmêt! ô Mahomet! vous, soldats du prophète,
« Au monastère impur fondez tous à la fois. »
Beys, janissaires, tout s'apprête
A rentrer dans Sékos qui frémit de ses lois.

Pharmakis attristé profondément soupire :
« Pallikares ! dit-il, les rappelant encor;
« Vaillans hommes, ô vous qu'un pur honneur inspire !
« Que devient votre zèle ?... Epuisez mon trésor ;
« Prenez l'or de mes glands, prenez mes tissus d'or;
« Et qu'en chassant les Turcs, je sois pour vous conduire
« Plus léger devant vous, plus prompt à les détruire.
« Tous, brisez vos fourreaux : suivez mon noble essor. »
Mais un des chefs, d'une voix sombre,
Dit ces mots que précède un sinistre coup d'œil :
« Nos sabres sont glacés, nos fusils sont en deuil.
« Sur ce morne horizon voyez des rangs sans nombre :
« Les sommêts sont noirs de leur ombre. »
Le discours du Kersale à peine est achevé,
Que Pharmakis, vivant, par les Turcs enlevé,
« O George ! où donc es-tu ? viens ! accours ! on m'entraîne...
« A mon aide, ô mon frère ! ô vaillant capitaine !... »
Il jette des cris superflus ;
George ne paraît point : ce héros n'était plus.

Une, deux fois, cinq fois, guerrier, par mon présage
J'ai voulu de Sékos éloigner ton courage.
« — Eh ! quel cœur soupçonnait, avant de tels revers,
« Que des consuls chrétiens la cupide industrie,
« Soumise à nos tyrans, vendrait notre patrie ?...
« O vous qui planez dans les airs,

« Allez, oiseaux, allez dans la France aguerrie,
« Dire leurs trahisons, raconter notre sort :
« Allez à ma veuve chérie
« Dire que Pharmakis est mort. »

NOTICE.

On a deux chants sur la mort de Georgakis (ou George) et de Pharmakis : mais le premier ne contient que des circonstances et des détails semblables à ceux que m'ont offerts plusieurs morceaux déjà reproduits par moi-même : le second fournissait des particularités nouvelles; et j'ai réuni l'esprit des deux en un seul, en y intercalant le sens de quelques derniers vers grecs, où la mort de Georgakis est consacrée par les cris que jette vers lui Pharmakis, en mourant après son ami.

M. Fauriel, zélé collecteur de ces textes, a très-bien résumé les titres de Georgakis à la mémoire : né dans la Thessalie, avec les aigles du mont Olympe, ce héros porta sa vaillance dans les montagnes de la Valachie et de la Servie, et se rendit partout redoutable aux armées turques; son génie fomenta souvent les nobles rébellions des Grecs, incités par les Russes, qui les abandonnèrent à Bukarest, ainsi que leur mobile Ipsilantis. Enfin l'évêque de Romano, indignement complice des vengeances des Turcs, attira Georgakis et Pharmakis dans un piége au monastère de Sékos, que leur zèle accourut défendre : et là fut consommée leur ruine, frauduleusement concertée par ce chef de l'Eglise. Georgakis, après trois jours et trois nuits de disette et de combat, se fit sauter sur un baril de poudre, pour ne pas se rendre aux féroces alliés du prélat.

LA PRISE

DE

TRIPOLITZA.

Tout un jour pluvieux, toute une nuit neigeuse,
Ont de Tripolitza précédé le péril,
Et vu s'armer de fer l'heureux bey Kiamil,
Qui revêt son coursier d'une housse pompeuse.
Sa prière, en partant, adresse au ciel des vœux :
« Dieu! fais que des Rayas les plus saints interprètes

« Désarment la révolte, et jurent sur leurs têtes
« De ne point s'allier aux Klephtes dangereux. »

Mais l'enceinte des Turcs, partout environnée,
Déjà cède aux assauts des Hellènes unis.
Là, d'un fort commandé par Kolokotronis,
« La vie à ta famille, à toi-même est donnée :
« Rends-toi, Kiamil-Bey! lui cria-t-il de loin :
« J'épargne tes harems : j'en prends Dieu pour témoin. »

« — Non, téméraires infidèles,
Répond un maître altier des bastions fumans :
« Ce n'est point à vos Beys de se rendre aux rebelles.
« Nous avons des vengeurs, de hautes citadelles,
« Notre sultan divin, et ses mortels firmans.
« Un seul sabre en nos mains en brise cinq des vôtres :
« Dix de vos longs mousquets cèdent à l'un des nôtres;
« Quinze sur des coursiers, trente sur des remparts. »
Mais Kolokotronis, le feu dans les regards,
« Venez vous mesurer aux armes des Hellènes.
« Voyez comment le Klephte, en vos murs, dans vos plaines,
« Ne laisse de vos corps que des lambeaux sanglans. »

Devaient-ils luire, ô Dieu! ces grands jours de carnage?
Les Grecs, sur les remparts contre eux étincelans,

Fondent en aigles fiers, en vautours pleins de rage.
Kolokotronis vole, et crie aux plus vaillans :
« Cessez vos feux : tirez vos glaives redoutables ;
« Et chassez devant vous ces Osmanlis hurlans,
« Comme un vil bétail aux étables. »

Jusqu'en leur dernier parc resserrés et punis,
Les Turcs voyaient le fer, la flamme les poursuivre.
Leur Bey tremblant s'adresse à Kolokotronis :
« Ah ! fais trève, et de nous laisse un reste survivre !
« — Infâme ! qu'attends-tu ? des accords ! des traités !
« Ah ! vos barbares cimeterres
« Avec la mort les ont dictés,
« En égorgeant dans nos cités
« Nos fils, nos pères et nos frères. »

Fossés, remparts et tours, les Klephtes vous ont pris !
Grande Tripolitza, les Hellènes t'ont prise !
Ils t'ont prise, ces Grecs, objets de vos mépris,
O filles des émirs ! veuves des Beys meurtris !
Pleurez dans la ville soumise.
Pleure avec elles, toi, femme de Kiamil !
Princesse, où verras-tu ton prince dans l'exil ?
Lui, de Tripolitza la colonne assurée,
L'étendard de Corinthe en ses jours de péril,
Le pilastre de la Morée !
Malheureux Kiamil, tu ne reparais pas :

Ton orgueil est absent de ton palais superbe;
Brûlé par un primat, il a fait place à l'herbe.
Tes chevaux consternés pleurent tes beaux haras :
Ta mosquée aujourd'hui pleure sur tes agas :
Et ton épouse pleure un Bey puissant et brave
Qui, d'esclaves captif, lui-même est leur esclave.

NOTICE.

Je ne puis, à l'égard de ce beau chant, penser comme M. Fauriel, qui crut nécessaire de le diviser en deux compositions distinctes, pour en éclaircir le sujet, dans lequel je ne trouve ni incohérence ni obscurité. Il nous avoue que la copie originale ne formait qu'une seule et même pièce; et c'est, à mon avis, de cet ensemble complet que résultent ses beautés variées et sa netteté même. Séparez au contraire la première partie de la suivante, l'un des chants, étant tronqué, manque d'une fin; l'autre, d'un commencement : mais leur succession naturelle présente fort bien l'image de la victoire des Grecs, et celle du désastre des Turcs, qui en est la conséquence. Ces choses-là sont par elles-mêmes inhérentes dans le fait célébré par le poëte, dont il me paraît évident que la principale inspiration est de rehausser l'effet de la prise de Tripolitza par la désolation de ses possesseurs. Ces réflexions m'ont engagé à rétablir l'ordre primitif du texte dans ma traduction, qui l'offre en son entier.

Il m'arrive peu d'avoir à contredire l'opinion de M. Fauriel; mais souvent de le louer des bons renseignemens qu'il nous a procurés. Il nous indique utilement ici la conduite que tint le musulman Kiamil avec les proëstos et les archevêques convoqués à Tripolitza par ce bey de Corynthe, opulent seigneur de la Morée; et il se borne à nommer le grec Kolokotronis, qui, déjà renommé parmi nous, n'a plus besoin d'une énumération de ses faits.

CHANSONS ET COMPLAINTES

POPULAIRES

DE L'ÉTOLIE ET DE LA MORÉE.

LA JEUNE FIANCÉE

ET

CARON.

Riche et superbe sœur de neuf valeureux frères,
Une jeune beauté, promise à Constantin,
Dont régnait la noblesse en de fertiles terres,
Osait braver Caron, ministre du Destin.

Mais, soudain transformé, Caron, noire hirondelle,
Dont la prompte vengeance accélère l'essor,
Vole, et décoche un trait dans le sein de la belle.
Sa mère la pleura; sa mère pleure encor.

« O Caron! de quels coups tu frappes ma famille!
« Que de maux tu m'as faits en retirant du jour
« Ma chère fille, hélas! ma belle et seule fille! »
Mais Constantin descend des coteaux d'alentour.

Un concours devancé par les chœurs d'hyménée
L'escortait : il fait taire et les luths et les voix.
« De quel deuil cette porte est tristement ornée!
« Quel est le parent mort que m'annonce une croix? »

Pressé de l'aiguillon, son coursier vers le temple
L'emporte au champ sinistre où se dresse un tombeau:
« Constructeur! dit l'amant, dont l'effroi le contemple,
« Pour qui ce monument? — Pour l'objet le plus beau.

« Pour la blonde aux yeux noirs, à Constantin promise,
« A ce maître opulent de palais fastueux.
« — Architecte des morts! dit sa voix qui se brise;
« Élargis cette tombe, et creuse un lit pour deux. »

Son poignard d'or le frappe; et du sang qui l'arrose
Bouillonne l'incarnat sur les marbres bénis :
Et sous la même pierre à la fois on dépose
Ces deux cœurs qui s'aimaient, tous deux encor unis.

NOTICE.

La noble tristesse et l'élévation de ce myriologue m'ont inspiré le soin de le traduire en strophes égales, et de les rehausser par un style soutenu : l'argument de cette complainte morale le commandait : il faut que le langage se varie toujours au gré du sujet auquel on l'applique, et qu'il monte ou s'abaisse avec les choses. Parmi les élégies contenues en ce recueil, celle-ci peut-être est la plus accomplie et la plus marquée du genre sublime. L'intervention de Caron dans cette histoire, seul personnage de la mythologie rappelé par les rapsodes modernes, ferait présumer que quelques traditions de l'antiquité se sont perpétuées dans la mémoire des Grecs, ou que l'auteur de ces vers, moins inculte que les montagnards de la Thessalie et de l'Epire, s'était empreint d'une teinte d'érudition qui servit d'aide à son génie pour colorer ses inventions poétiques. Quant au reste, j'invite le lecteur à consulter les remarques de l'éditeur du texte, auxquelles je le renvoie, m'étant toujours fait scrupule de m'approprier les moindres jugemens ou les heureuses indications d'autrui. L'ingénieux éloge qu'il fait de l'un des beaux traits de ce chant, dont il explique le sentiment exquis par un mot excellent de madame de Sévigné, me paraît ce qu'on peut dire de meilleur sur cet objet. Le jeune Constantin accourant à la célébration de ses noces, est frappé de l'appareil funéraire qui couvre la maison de sa fiancée : il oublie que la mort a pu la saisir elle-même, ou n'ose y penser, tant il frémirait d'un tel malheur :

« De quel deuil cette porte est tristement ornée.
« Quel est le parent mort que m'annonce une croix ?

Ce doute qu'il exprime n'a besoin que de ces mots touchans et terribles, sans qu'il nous faille énumérer toutes les personnes de sa famille qu'il désigne en son hésitation : « *Ou ma belle-mère est morte, ou bien mon beau-père, ou de mes beaux-frères quelqu'un aura été blessé.* Notre bon goût poétique interdit cette nomenclature, qui n'ajoute rien à la force du trait, et qui le ralentit.

Ce n'est pas sans quelque peine que j'ai transmis le tour agréable du dernier vers, dont la délicatesse consiste dans la répétition des mots numériques *deux*, *tous deux :* ôtez cela, vous n'aurez traduit que le sens matériel, et non la forme charmante de l'expression.

Le suffrage des connaisseurs nous avait déjà fait apprécier cette belle complainte, à l'époque où M. Buchon la publia dans un ancien numéro du Mercure. Ce jeune littérateur m'a confié plusieurs chansons du même genre très-remarquables, que son zèle a dès long-temps recueillies et traduites en prose.

LA VEUVE TURQUE

ET

LES DEUX ESCLAVES GRECS.

Dis-nous, lune resplendissante !
Que j'interroge dans ton cours,
Que devient l'enfance innocente
Des fils de Grévena, ravis à nos amours?

« Chez une veuve musulmane,
« Ces deux enfans grecs sont aux fers :
« Le matin au joug les condamne;
« Et le soir dans la chaîne entend leurs pleurs amers.

— « Enfans! abjurez votre culte;
« Suivez la loi des Ulémas;
« Pour vivre à l'abri de l'insulte,
« Avoir de prompts coursiers, des sabres de Damas.

« Ah! plutôt de la foi première
« Vous-même adorez le fanal;
« Vous jouirez de la lumière,
« Et des œufs colorés du vermillon pascal. »

Leur voix évangélique achève
D'éclairer son erreur qui fuit :
Ainsi, quand l'aurore se lève,
Cède à son tendre éclat l'étoile de la nuit.

NOTICE.

Quelle naïve et jolie chanson! comme elle intéresse promptement à l'enfance des deux esclaves et à la bonté de leur maîtresse! Celle-ci leur offre, pour les faire changer de religion, de beaux chevaux et de beaux sabres; et ceux-là, pour la convertir, lui parlent de l'Évangile, et lui promettent des œufs rouges de Pâques. Voilà tout le fond, et il est plein d'un charme naturel. L'idéal est dans les formes, puisque c'est à la lune que s'adresse le poëte, et que cet astre lui raconte le fait : l'art est dans les transitions habilement franchies par le dialogue entre la femme turque et les enfans chrétiens. Les derniers vers de ce chant nous manquent; j'ai osé y suppléer par un couplet sur la conversion de la musulmane, en accord avec l'esprit de la chanson grecque.

CONSTANTINE.

Tu n'as sujet, Constantine, en ton cœur,
Tu n'as sujet de t'imputer ce crime :
De ta marâtre accuse la noirceur.
Elle t'a dit, innocente victime!
« Dresse ton lit au pavillon lointain :
« Ce soir, ma bru, t'y joindra Constantin. »

Mais, avant l'heure où point l'aube naissante,
Des écussons, des fleurons argentés
Touchent son sein, et battent ses côtés...
Perfide Olcas ! ton audace pressante
Fond sur la belle, en étouffant sa voix
Qui crie en vain, et crie en vain trois fois.

NOTICE.

Je joins ici mon suffrage à celui de M. Fauriel, qui loue judicieusement la vivacité décente de ce récit d'une atrocité commise par une belle-mère contre sa belle-fille mariée à un Grec, et vendue, à son insu, aux désirs d'un Albanais. L'auteur, très-ingénieusement, ne peint que l'effroi de la victime, et ne nomme ni même ne fait entrevoir le personnage, dont on devine seulement l'insulte.

L'ESPRIT

DU

FLEUVE.

Du haut d'un pont désert chante une femme en pleurs :
Les pierres, tressaillant à cette voix plaintive,
Se fendent dans le fleuve, ému de ses douleurs :
Son cours s'arrête; et, sur la rive,
L'esprit du fleuve monte, et du milieu des eaux;
« Jeune beauté, dit-il, interromps tes complaintes,
« Et forme des accords nouveaux.

« — Ah! comment d'un cœur plein de craintes
« Exhaler des accords plus doux?
« La mort menace mon époux.
« Mettre un lièvre au bercail, le traire en nos étables,
« Ou trouver un remède à des maux incurables,
« Même effort impossible! et le Destin jaloux
« Déjà consacre au deuil mes accens lamentables. »

NOTICE.

Tout est en fiction dans ce fragment agréable, et tout s'y produit en image vive et touchante. Je ne sais par quel excès de délicatesse l'éditeur du texte a retranché de la chanson, et rejeté dans ses notes un vers qu'il trouve si étrange et si difficile à expliquer. Ce vers renferme sans doute un sens proverbial, et exprime seulement l'impossibilité de telle ou telle chose qu'on tenterait en vain. Je l'ai replacé dans ma traduction, comme trait spécial de l'idiome du pays.

Mettre un lièvre au bercail, le traire en nos étables....

Ainsi nous dirions en langage familier : Vouloir cela, c'est vouloir *prendre la lune avec les dents, les oiseaux avec du sel sous la queue.* Il ne faut pas chercher d'autres mystères, d'autres finesses à ces locutions locales. Elles sont curieuses, mais peu faciles à rendre intelligibles dans nos vers; ce qui n'est pas une raison pour y renoncer : car notre poésie, bien travaillée, peut tout dire gracieusement, et mieux encore que notre prose.

LA BICHE

ET

LE SOLEIL.

La Nuit que noircit l'ombre, ou que la lune éclaire,
Comme l'heure où du jour brille l'astre enflammé,
Voit des cerfs et des faons l'élan accoutumé
Parcourir les sommets, leur refuge ordinaire.
Une biche, loin d'eux, et toujours solitaire,
Cherche les lieux obscurs, et languit sur le flanc;

Et même la soif qui l'altère
Trouble des purs ruisseaux le cristal trop brillant.
Le Soleil l'aperçoit sous des taillis penchée;
Il s'arrête et lui dit : « Qu'as-tu donc à souffrir?
« Pauvre biche! au désert cachée,
« Et toujours sur le flanc couchée,
« Parmi les autres cerfs pourquoi ne pas courir?

— « Je te dirai, Soleil, d'où vient ma peine amère.
« J'avais vu s'écouler deux lustres et deux ans,
« Et n'avais encore été mère :
« J'eus un faon de l'amour au treizième printemps.
« A le nourrir moi-même, à guider sa faiblesse,
« Deux fois avec orgueil je comptai douze mois :
« Mais un chasseur l'épie et le tue en nos bois.
« Anathème sur lui, sur sa fatale adresse!
« O chasseur! un seul de tes coups
« M'a privée à jamais et d'enfant et d'époux! »

NOTICE.

On croit ce chant un des plus anciens de ceux qui courent dans l'Acarnanie méridionale. Fut-il composé sur un trait historique? n'a-t-il pour objet qu'une fable? c'est ce qu'on ignore. L'éditeur du texte présume que l'emblème d'une biche désolée de la perte de son cerf et de son faon fait allusion au récit des douleurs d'une femme, mère et veuve, pleurant le double assassinat de son mari et de son enfant. J'incline à croire cela comme lui, d'après les exemples du talent avec lequel les rapsodes manient encore le voile de l'allégorie, et d'après les contraintes que la tyrannie leur impose, d'envelopper toutes les accusations et toutes les vérités sous des formes imaginaires. Mais n'importe! admirons dans ce chant pathétique, quel qu'en soit le fond réel ou idéal, la douceur de la touche, et la hardiesse de la fiction qui rehausse cette esquisse champêtre.

LE JEUNE PATRE

ET

CARON.

Des monts dont il descend la pente
Accourt un leste et beau pasteur :
A ses cheveux nattés tient sa coiffe pendante.
Caron l'attend sur la hauteur
Des coteaux voisins, où serpente
Un sentier dont vers lui l'amène le détour.

« Où vas-tu? d'où viens-tu? dis-moi, lutteur agile?
— « Je sors de mon bercail; je rentre en mon séjour;
« Et vais prendre, en passant, aux portes de la ville,
« Le pain que je m'acquis par les travaux du jour.

— « Moi, par l'ordre de Dieu, je viens chercher ton âme.
— « Sitôt, Caron, sitôt! ne me fais pas mourir!
« Je suis époux : à jeune femme
« Le veuvage coûte à souffrir :
« Va-t-elle d'un pas libre, on croit que, trop légère,
« Elle cherche à quitter son deuil :
« Si sa marche est lente et sévère,
« On dit qu'elle affecte l'orgueil.
« Mes enfans au berceau demanderaient leur père!
« Voudrais-tu qu'orphelins... » Caron n'écoutait pas.
« Ah! si ta rigueur persévère
« A pousser ma jeunesse au gouffre du trépas,
« Sur ces marbres glacés que ta force m'atterre.
« Luttons tous deux, Caron! vainqueur, tu me prendras :
« Vaincu, poursuis ailleurs ton plaisir funéraire. »

Le berger tout le jour soutint sans succomber
Sa lutte avec Caron ; le soir le vit tomber.

NOTICE.

La présence de Caron dans ce nouveau sujet indiquerait que ce chant sortit de la même main qui traça la mort des deux amans victimes du même dieu mythologique. Nous le verrons reparaître dans une des pièces suivantes : celle-ci, comme la précédente, concerne des aventures domestiques : la troisième porte sur un fond plus général. Dans la première et dans la seconde, on aperçoit une leçon morale presque semblable. L'une expose le châtiment que subit l'orgueil d'une riche et belle fiancée trop présomptueuse de ses charmes; l'autre, le malheur d'un berger qui, robuste athlète, abuse des forces de son âge, et périt d'une mort prématurée. Tels sont les rapports que ces deux inventions ont entre elles : mais les différences qui les distinguent me semblent tenir au détail de l'exécution, le style pastoral de celle-ci ne s'élevant pas au même degré de noblesse que celui de la première.

LA JEUNE VOYAGEUSE.

Une jeune beauté qu'assiégent trop d'hommages
Veut qu'au delà des mers l'exilent les voyages :
N'étant pas nautonnière, au chef des matelots
Elle donne de l'or pour traverser les flots,
Et de l'or pour sauver sa pudeur des outrages.
Mais, loin des bords lancée au liquide élément,
Du maître des nochers le fol égarement
Porte sur ses appas sa main trop assurée.
Elle frissonne, et tombe : il la croit expirée ;
Et jette sa victime à la profonde mer,
Dont, comme en gémissant, hélas! le sein amer
La pousse au puits de la Morée.

Les nymphes de ces bords tirent ses froides eaux;
Et voilà que, flottant à leur surface pure,
Les boucles de sa chevelure
S'attachent à leur vase, à l'anse de leurs seaux.
« Voyez de ce corps admirable
« Les grâces, les contours, d'un doliman pressés!
« Ces doigts si délicats, à la plume exercés!...
« Ah! sa lèvre au baiser offre un corail aimable
« Sous quelques traits de sang non encore effacés!
« Ma bouche l'a baisée, elle en garde l'empreinte:
« Mon voile l'essuya, sa blancheur en est teinte:
« Je le lavai dans l'onde, et l'onde, en rougissant,
« A pris de sa pudeur la flamme colorante:
« Le rivage en reçut le vestige récent:
« Les mers et les poissons roulent teints de ce sang:
« Et le pont d'où tomba cette fille charmante,
« Son beau sang l'avait teint de sa pourpre fumante!

NOTICE.

Je ne puis encore, en cet endroit, adopter l'opinion de M. Fauriel, relativement à la conclusion de ce chant pathétique, en apologie de la pudeur. Les derniers vers n'ont rien, selon moi, de la bizarrerie qu'il leur reproche; et l'intention du poëte est aisée à saisir. C'est une hyperbole lyrique, par laquelle il s'efforce de représenter aux esprits la durable empreinte que le souvenir du meurtre d'une jeune et belle innocente a laissée sur le navire où elle a péri, sur la mer, sur les rivages de la Morée, et dans le cœur des filles moréates qui reçurent ses restes ensanglantés. Les taches de sang dont tous les objets sont marqués ne signalent aucune vertu magique supposée, et n'ont aucune réalité; mais elles figurent, sous des couleurs imaginaires, la longue mémoire et les tristes regrets d'une mort justement déplorée de tout ce qui put en être témoin. La simplicité du fait acquiert un charme indéfinissable des expressions fictives qui achèvent ce doux myriologue.

LE NAUTONNIER.

Mères tendrement empressées
Qu'Hymen à vos maisons réserve un heureux lot,
Souhaitez à vos fiancées
Plutôt un vieux mari qu'un jeune matelot.

Chargé de durs labeurs, le nocher qui soupire,
S'il déjeune avec l'aube, est le soir sans repas :
Prépare-t-il sa couche, il n'y sommeille pas.
Mais qu'il sèche et languisse au pont de son navire,
Là, privé de soins maternels,
Là, ni père, ni sœur, ni frère,

N'allége ou ne plaint sa misère.
Le monde absent le laisse en proie aux maux cruels.
Le seul chef du vaisseau lui crie :
« Debout! compte le temps ; signale-nous un port :
« Habile nautonnier, trompe l'air qui varie...
— « Lève-toi ! » m'ont-ils dit ; le puis-je?... vain effort!
Aidez-moi ! sur la proue asseyez ma faiblesse...
Ceignez de trois bandeaux ma tête qui s'affaisse !
Abritez-moi contre la mort,
Du voile d'or de ma maîtresse !...
Ma carte interrogée indique au loin deux monts :
De çà, de là, sont leurs cimes sauvages...
La brume est à leurs pieds, les brouillards sur leurs fronts.
Là, vous aborderez ; là, sont de bons rivages :
Le sud appelle l'ancre en leurs sables profonds.
Quand sa dent et le câble auront saisi la terre,
Daigne, ô chef du vaisseau ! ne point placer mon corps
Aux tombeaux du saint monastère :
Mais qu'inhumé par toi sur l'arène légère,
J'entende des nochers le cri frapper ces bords.
Recevez l'adieu de mon âme ;
Adieu, bon amiral, et compagnons aimés !
Adieu, refrains accoutumés !
« Démarrez ! amarrez ! à la voile ! à la rame ! »
Il se tait : ses yeux sont fermés.

NOTICE.

Il serait difficile de mieux apprécier les grâces et la sensibilité qui respirent dans cette cantilène des matelots de l'Archipel que ne l'a fait l'éditeur du texte dans le jugement que son goût en a porté. Tous les motifs de son admiration deviendront les nôtres : il suffira d'y ajouter le parallèle d'une idylle de Théocrite, inspirée par un sujet en rapport avec celui-ci, pour faire remarquer la conformité du génie des anciens et des nouveaux Grecs. Je l'ai traduite autrefois; et le suffrage que de doctes hellénistes ont accordé à ce travail me fait espérer que sa publication ne déplaira pas aux amateurs des peintures naïves et naturelles.

LES DEUX PÊCHEURS.

IDYLLE XXIIe DE THÉOCRITE.

La seule pauvreté rend l'homme industrieux :
Maîtresse du travail, son soin impérieux
A peine à l'artisan, dont s'endort l'indigence,
Du court sommeil des nuits permet la négligence :
Elle est là qui le gronde et le pousse aux labeurs.

Sur l'algue et les joncs secs reposaient deux pêcheurs,
Vieux, ensemble couchés sous un abri sauvage,
Tissu de mousse, enclos par un mur de feuillage;
Leurs corbeilles d'osier sont peu loin à l'écart;
Roseaux, lacs, hameçons, instrumens de leur art,
Leurs dédales de crins, de filets et de nasses,
Leur vieille barque usée, et d'informes besaces,
Un lin vil sur leur tête, et des peaux sur leurs corps,
C'est là, joint au travail, ce qui fait leurs trésors.
Aucun vase; pas même un chien qui les caresse.
La moindre proie enfin les comble d'allégresse :
Leur compagne est la peine, et leur voisin la mer,
Dont leur triste cabane entend le flot amer.

La lune atteint à peine au haut de sa carrière,
Qu'un souci vigilant leur ouvre la paupière;
Et leur voix, au réveil, fait entendre ce chant :

— On ment lorsqu'on nous dit que la nuit, en marchant,
Se hâte, quand l'été prolonge la journée.
Que de rêves j'ai faits! et l'aube n'est pas née!
Est-ce erreur? quoi! les nuits n'ont-elles plus leur cours?
— Ami, n'accuse pas l'été, ni ses beaux jours :
D'accélérer la nuit le temps n'est pas le maître;
L'insomnie à tes yeux la ralentit peut-être.

— Tu sais tirer d'un songe une prédiction :
Je te veux confier ma douce vision.

Partageons en commun notre pêche et nos songes.
Ton jugement est fort contre les vains mensonges :
Le bon sens dans l'esprit est le plus sûr devin.
Nous avons du loisir ; comment jusqu'au matin
Fouler sans doux sommeil la natte infortunée,
Ce lit d'herbe?... Un flambeau luit dans le Prytanée !
On dit qu'ils ont toujours du butin dans ces lieux.

— Raconte à ton ami ton rêve merveilleux.

— Le soir, quand je goûtai le repos sur la rive,
Le repas qui suivit notre pêche tardive
Fut court, s'il t'en souvient; je crus sous un rocher,
Assis en paix, sentir ma ligne se pencher :
Sur l'onde où je semais la trompeuse pâture,
Un des plus grands poissons fut ma prompte capture.
Le chien rêve au gibier, le pêcheur aux poissons.
Il pendait, et son sang teignait les hameçons :
Ses secousses ployant ma ligne trop mobile,
Sur lui tendant ma main, je trouvais difficile
D'enlever ce lourd monstre au bout d'un fer léger.
Ayant de leur blessure éprouvé le danger :
« *Tu ne me mordras pas ; ta morsure est cruelle.* »
Bientôt le combat cesse ; et ma ligne sur elle
Attire un poisson d'or ; tout d'or ! j'en ai frémi.
Du dieu des vastes mers n'est-ce pas un ami ?
Ou le plus doux plaisir des yeux bleus d'Amphitrite ?

Du sanglant hameçon détaché, non trop vite,
De peur qu'avec sa chair n'y restât un peu d'or,
Sur le rivage enfin j'étalai ce trésor.
Je jurai qu'à jamais, sans retourner sur l'onde,
Je vivrais sur ces bords, nouveau Crésus du monde :
Alors je m'éveillai. Toi par ton jugement,
Ami, fixe le mien ; car je crains mon serment.

— Ton vœu, ta riche proie, étaient imaginaires :
Ne crains rien : le sommeil nous rend visionnaires.
Ne dors pas dans l'espoir; va-t'en pêcher encor,
De peur de mourir pauvre avec tes songes d'or.

Théocrite, en ces vers, sans nul fard nous expose
Le sort de deux mortels vivant de peu de chose;
Et prouve qu'on vieillit paisible en ses vertus,
Quand on sait travailler sans rêver à Plutus.

LES DEUX FRÈRES.

Vingt mules descendaient du milieu des montagnes,
Haletant sous le faix des trésors d'un marchand;
Des Klephtes, la terreur de ces mêmes campagnes,
L'arrêtent au sentier dont il suit le penchant.
Hélas! il est seul, dans un champ!

Leur main veut de ses sacs pénétrer le mystère :
Et lui, les suppliant : « Ah! mes membres sont las
« D'enlever ces fardeaux, de les remettre à terre :
« Mes mules avec peine ici traînent leurs pas. »
Hélas! il est seul, seul, hélas!

« Admirez ce hurleur, fils d'une mère impure!
Crie aux bandits armés leur fougueux capitan :
« De ses bêtes de charge il pleure la monture,
« Et ne plaint point sa vie à son dernier instant. »
Hélas! il est seul, et l'entend!

« Frappez-le du poignard, leur dit sa folle rage. »
Tous émus pour ce brave, ont le cœur oppressé.
Mais le brigand sur lui fond en lion sauvage,
Plonge en son flanc sa dague, et l'abat tout percé.
Hélas! il est seul, et blessé!

Poussant un long soupir de sa bouche entr'ouverte;
« O mon père! es-tu là pour me fermer les yeux?
« Ma mère! où donc es-tu pour pleurer sur ma perte?
« Ah! comment, cria-t-il, t'adresser mes adieux?
Hélas! il est seul sous les cieux!

« J'écrirai tes adieux; dis-nous où vit ta mère.
— « Ma mère est dans Arta; mon père est né Crétois :
« Les Klephtes dans leur bande ont engagé mon frère,
« Qui loin de sa famille est voleur dans les bois...
« Hélas ! j'étais seul sous nos toits ! »

Le chef glacé tressaille; il l'embrasse, et le porte
Aux doctes confidens du grand art de guérir.
« O vous, dont, leur dit-il, la science est plus forte
« Que le mal des blessés qui sont près de périr,
« Hélas ! être seul, et mourir !

« Sauvez-le; c'est mon frère. » Il pleure; il prie, exhorte
Les doctes confidens du grand art de guérir.
« Souvent, répondent-ils, la science est plus forte
« Que le mal des blessés qui sont près de périr :
« Mais Dieu le peut seul secourir !

« Aucun art ne guérit d'atteinte si mortelle.
— « Eh bien ! eh bien ! conduis mes mules sur tes pas,
Dit alors le mourant d'une voix fraternelle :
« Mon père les attend; moi, j'expire en tes bras. »
Hélas ! il n'est plus seul, hélas !

— « A mon père dirai-je, et dirai-je à ma mère,
Répond le Klephte en pleurs qu'agite le remord,
« Pauvres parens! voyez les richesses d'un frère
« Que dépouilla ma main en lui donnant la mort? »
Hélas! gémis seul... seul il dort.

NOTICE.

Est-il besoin d'analyser les qualités saillantes de cette composition? Vérité, mouvement, caractère local, portraits vivans, action, pitié, terreur s'y font sentir également. Cette scène agreste marche à merveille; et la péripétie en est aussi rapide, aussi bien conduite que la catastrophe en est dramatique et morale. La vigueur de ton et de coloris, la netteté de contours dans cette peinture la rend comparable à l'un de ces bons tableaux si expressifs de l'espagnol Morillo.

J'avais d'abord conformé ma traduction à la copie du texte, donnée par M. Fauriel : mais la seule omission d'un *refrain*, très-simple et très-touchant, changeait l'esprit de la narration de telle sorte, qu'il m'a fallu refaire mon travail tout autrement, quand j'ai vu le même texte plus complet que m'a remis M. Buchon : tant la plus légère différence, la moindre inexactitude en des productions si délicates, peut en effacer les nuances, en dénaturer l'essence même. Les grâces poétiques sont comme les fleurs, un rien les altère et les fane.

LE DÉPART

DE

L'HOTE.

L'éclat de mai fleuri, zéphyr et le printemps
Rappellent l'étranger dans sa terre natale :
Son zèle n'attend pas la lueur matinale,
Et de fers argentés, sous des clous d'or brillans,
Il enrichit le pied de sa prompte cavale :
Des perles de sa bride étoilaient le contour.
Aux clartés qu'un flambeau lui prête,
Une fille qui l'aime et qui veut son amour,

Trois fois remplit sa coupe, et trois fois lui répète :
« Emmène-moi dans ton séjour.
« Oui, toi, cher hôte, et moi, viens, parcourons la terre.
« Mes yeux surveilleront l'apprêt de tes festins :
« Je dresserai nos lits l'un de l'autre voisins.
— « Le peux-tu, gentille étrangère?
« Dans les lieux où je cours les filles ne vont pas,
« Mais les braves, nés pour la guerre.
— « N'importe! revêts-moi de l'habit des soldats :
« Selle un coursier pour moi d'une housse dorée :
« J'irai par monts, par vaux, d'un même pas que toi,
« Comme un jeune homme alerte en ma course assurée.
« Tous deux partons ensemble; oui, toi, cher hôte, et moi! »

NOTICE.

Combien de jeunes lecteurs ressentiront, en lisant cette jolie chansonnette, le désir d'être à la place de l'hôte! C'est un des premiers secrets de l'art que d'associer nos sentimens à ceux des personnages dont on trace la situation. Nous assistons à ce départ : nous croyons en voir les apprêts, entendre cette jeune fille qui se refuse à faire ses adieux au voyageur qu'elle veut suivre. Tout le charme de ses simples discours résulte de ces seuls mots adroitement jetés d'abord, et répétés à la fin : « *Partons, toi et moi!* » Je n'ai pas voulu les perdre, et je craignais qu'un hiatus ne m'empêchât de réussir à les conserver : mais heureusement j'ai pu l'éviter, et je m'en félicite; car, sans ces mots naïfs, la chanson aurait moins de prix. On ne saurait être trop minutieux en matière de goût. L'auteur grec nous laisse à supposer quelle détermination suit le dialogue des personnages, et l'indécision où l'on reste sur l'événement prête un agrément de plus à la finesse de la composition.

MANOLE

ET

LE JANISSAIRE.

« Manole, heureux mortel, enfant aimé des cieux,
« Ta femme est belle et tendre, et tu n'es pas joyeux!
— « Tu l'as donc vue, ô janissaire?
— « Je l'ai vue, approchée; elle a séduit mes yeux.
— « Et sous quels vêtemens a-t-elle su te plaire?
— « La pourpre sur son front s'entrelace à longs plis.
« Sa robe sur son corps semble un tissu de lis. »

Le courroux et le vin trouble à la fois Manole :
Il court vers la belle et l'immole.
Mais, délivré le lendemain
De sa double ivresse cruelle,
Et plus insensé qu'inhumain,
Il cherche sa compagne, et sa voix la rappelle.

« Lève-toi, ma beauté! couronne-toi de fleurs :
« Ceins tes brillans colliers, tes voiles les plus rares :
« Viens montrer tes appas aux jeunes Pallikares;
« Et, me faisant du sort oublier les rigueurs,
« Charmer aussi ma vue, en dansant dans les chœurs. »

NOTICE.

Nouvelle occasion de faire apprécier cette brièveté des chansons grecques, par laquelle une vive impression de leurs dialogues et de leurs récits nous est communiquée en si peu de mots ! On ne saurait trop insister sur ce point, quand la diffusion des phrases et l'abus des couleurs descriptives de la littérature germanique tendent à gâter la nôtre par la superfétation des détails, et par la surcharge des affectations sentimentales, dont la fausse abondance n'est que stérilité d'imagination et de choses.

VÉVROS

ET

SON CHEVAL.

Vardar, aux champs que tu fécondes,
Vardar, sur le bord de tes ondes,
Faible, abattu, languit Vévros.
Son cheval noir lui dit ces mots :

« Lève-toi ! revolons, mon maître ;
« Nos compagnons sont loin peut-être.
— « O mon noir, pouvons-nous courir ?
« Ton maître, hélas ! se sent mourir.

« De tes pieds, où l'argent éclate,
« Frappe et creuse la terre ingrate :
« En tes dents enlève mon corps,
« Et l'ensevelis sur ces bords.

« A mes parens porte mes armes,
« Pour qu'ils m'honorent de leurs larmes.
« Porte à ma belle mon mouchoir,
« Et qu'elle pleure de le voir. »

NOTICE.

Cette chansonnette a de l'analogie avec le chant de Liakos : mais l'une, étant héroïque, est plus fortement tracée; celle de Vévros, d'un intérêt moindre, n'est pour ainsi dire qu'un léger trait de crayon. On reconnaît dans les deux la relation fictive du cavalier et de son cheval qui se parlent et se répondent : leur entretien figure idéalement la communication qui s'établit dans la solitude, entre l'instinct familier des animaux et les sentimens de l'homme. C'est par l'effet du même naturel qu'Esope, Phèdre et La Fontaine nous mirent en commerce d'esprit et d'âme avec toute la nature.

LE SOMMEIL

DU

PALLIKARE.

Dès l'aurore, les hirondelles,
Les pinsons éveillés gazouillent tour à tour :
Leur ramage dès l'aube est imité des belles
Dont la voix réveille l'amour.
« Amour, éveille-toi ! presse ta jeune esclave ;
« Presse contre ton cœur son sein au lis pareil.
— « O ma belle ! permets, dit la langueur d'un brave,
« Que je prolonge encor l'instant d'un court sommeil.

« Hier un long combat, me tenant en éveil,
« De mon chef a trompé l'envie.
« Toujours aux premiers rangs ses ordres m'ont jeté :
« Sans doute il veut ma mort, ou ma captivité!
« Dieu, secondant ma force, a protégé ma vie.
« Vingt ou trente ennemis ont cédé sous mes coups;
« Par leur fuite ou leur mort j'ai triomphé de tous.
« Enfin sur ces champs du courage,
« Quand ne régna plus le soleil,
« De sentier en sentier, je n'ai, sur mon passage,
« Trouvé ni cité, ni village
« Qui m'offrît un repos à ce moment pareil.
« Laisse-moi donc, ma belle, aux douceurs du sommeil. »

NOTICE.

Le fond de cette chanson n'a pas besoin d'être éclairci : ne suffit-il pas de noter ce que les vers qui lui servent de prologue ont de riant et d'agréable, et d'arrêter notre examen sur un trait caractéristique de la réponse du Pallikare qui soupçonne son chef de vouloir le faire tuer ou prendre aux avant-postes? Cette sorte d'abus de l'autorité militaire a, dans tous les pays et dans tous les temps, secondé les petites et basses rancunes de la jalousie entre les hommes de guerre. J'ai connu des généraux d'armée qui n'étaient pas moins hypocrites et vindicatifs que des dévots d'église; et cela sous le masque de francs et bons camarades.

L'ENLÈVEMENT

DE

LA FIANCÉE.

Assis à ma table marbrée,
J'entends tinter mon sabre et hennir mon cheval :
« Ah ! se dit mon amour aux alarmes livrée ;
« Serait-ce que pour mon rival
« On couronne, on bénit ma maîtresse adorée ? »
Je m'élance au haras de mes coursiers nombreux,

Et plein du feu qui me dévore :
« Qui de vous d'un pied vigoureux
« Pourrait suivre l'éclair du couchant à l'aurore? »
Tous mes fiers étalons bondissent à grand bruit :
Mes cavales soudain avortent de leur fruit.

Mais un noir destrier, séché par la vieillesse :
« Les courses et les ans, dit-il, m'ont affaissé ;
« Et pourtant d'un vol empressé
« Mon zèle ira vers ma maîtresse,
« Dont, en me nourrissant, la main m'a caressé. »
Il reçoit tout à coup son harnais et son guide.
« Modère-toi, mon maître, en ta fougue intrépide :
« Ceins triplement ta tête; échappe à l'air sifflant :
« Épargne l'éperon à mon ardeur rapide ;
« Non moins prompt qu'autrefois, je pourrais, en volant,
« Semer un long trajet de ton crâne sanglant. »

La houssine légère est en ses mains habiles,
Et, lancé comme d'un seul bond,
Au premier coup il fait vingt milles,
Quarante milles au second.
« O Dieu! veuille, a-t-il dit, qu'aux vignes de mon père
« Je le trouve taillant le cep qu'il a dressé! »
En bon chrétien il prie, espère,
En vrai saint il est exaucé.

« Salut, vieillard! quelle est la vigne fortunée
« Que cultivent tes mains sur ces coteaux fleuris?
— « La vigne du malheur! la vigne de mon fils!
« Sa belle à son rival en ce jour est donnée;
« Pour un autre en ce jour bénie et couronnée.
— « Dis-moi, dis, bon vieillard! au banquet solennel
« Que l'Hymen pour elle décore,
« Sur ce prompt coursier noir puis-je arriver encore?
— « Au banquet? oui, s'il vole; et s'il court, à l'autel. »

La houssine légère est en ses mains habiles,
Il fait, lancé comme d'un bond,
Au premier coup quarante milles,
Cinquante milles au second.
« O Dieu! veuille, a-t-il dit, qu'au jardin de ma mère
« Je la trouve arrosant son clos ensemencé! »
En bon chrétien il prie, espère,
En vrai saint il est exaucé.

« Noble dame! quelle est la terre fortunée
« Qu'arrose votre main dans ces vergers fleuris?
— « La terre du malheur! la terre de mon fils!
« Sa belle à son rival en ce jour est donnée;
« Pour un autre en ce jour bénie et couronnée.
— « Dites-moi, bonne dame, au banquet solennel
« Que l'Hymen pour elle décore,

« Sur ce bouillant coursier puis-je arriver encore?
— « Au banquet? oui, s'il vole; et s'il court, à l'autel.

La houssine légère est en ses mains habiles,
Il fait, lancé comme d'un bond,
Au premier coup cinquante milles,
Cinquante milles au second.

Son noir coursier hennit : déjà l'œil de la belle
Le voit, et reconnaît son écuyer fidèle.

« Quel jeune cavalier vous adressait un mot?
(Dit le jaloux futur, dont s'émeut la cervelle).
— « C'est mon frère apportant le tribut de ma dot.
— « Va, ma belle, si c'est ton frère,
« Remplir sa coupe jusqu'au bord;
« Si c'est ton amant téméraire,
« Je vais, moi, lui donner la mort.
— « C'est mon frère... » Et déjà la leste fiancée
Tenant sa coupe d'or, vers lui s'est élancée.

« Prends ma main droite, amie, et verse à l'autre main. »
Sur le coursier ployant saute la cavalière.
Le couple fuit : les Turcs prennent soudain
Leur carabine meurtrière.

Tel, d'un coursier ailé sillonnant leur carrière,
Put entrevoir leur ombre en tourbillon lointain ;
Tel, qui d'un prompt cheval les poursuivit en vain,
N'aperçut de leurs pas l'ombre ni la poussière.

NOTICE.

Voici la plus étrange, la plus curieuse, et peut-être la plus ancienne des chansons grecques que la tradition ait conservées au nombre de celles qu'on chante dans les îles Ioniennes. Elle porte d'un bout à l'autre le sceau du temps et le cachet de l'invention originale. Le sujet en est raconté comme au hasard, tantôt par le héros du roman, tantôt par le poëte, et développé tour à tour par les interlocutions promptes et hardies de l'amant, de son coursier, de ses parens, de son rival et de sa maîtresse. Ce mélange de traits qui s'entrecroisent, loin de jeter l'embarras et la confusion dans les faits, y répand une lucidité, un éclat extraordinaire. On croit suivre tous les mouvemens précipités du personnage; on se sent entraîné dans son trajet rapide et merveilleux; on le voit en scène avec les acteurs, et l'on entend le langage de tous presque à la fois; le dialogue, dégagé de toute transition superflue, s'accorde avec la violence des passions exprimées et avec la vivacité de la fable. Les ressorts de féerie qui l'animent, et que l'imagination orientale relève par ses couleurs fortes et tranchées, lui prêtent un singulier caractère, entièrement conforme à l'esprit des romances bizarres du vieil âge.

LE PASSAGE

DE

CARON.

L'ombre noircit des monts les cimes attristées :
Par l'orage et les vents sont-elles agitées ?
Ce ne sont ni les vents ni le ciel pluvieux
Qui portent la tristesse à leurs fronts sourcilleux.
Caron presse les morts qu'a surpris sa poursuite,
Les jeunes à leur tête, et les vieux à leur suite ;

Et de tendres enfans il entraîne un concours.
Jamais il ne s'arrête aux supplians discours.
Jeunes, vieux, lui criaient: « Caron, suspends tes courses
« Près d'un riant village et des limpides sources.

— « Non : le vin charmerait les vieillards réjouis;
« Les amours et le disque amuseraient leurs fils;
« Et les enfans joûraient sur l'émail des prairies.
« En puisant l'onde aux bords qui me ralentiraient,
« Sur des berceaux fleuris leurs mères les verraient;
« Les frères, les époux, les femmes attendries,
« Se reconnaissant tous, me viendraient implorer,
« Si, dans vos frais hameaux, près des claires fontaines,
« Je les laissais se rencontrer :
« Et les couples aimans tiennent par tant de chaînes,
« Qu'on ne peut plus les séparer. »

NOTICE.

Est-ce encore ici un chant du poëte qui célébra la mort de la fiancée de Constantin et du jeune pâtre? Ou ces myriologues seraient-ils des imitations de ce même chant? J'admettrais plus aisément cette seconde supposition. Caron apparaît dans ces trois ouvrages, et cette image fabuleuse du pouvoir de la mort règne en chacun d'eux. Mais le dernier semble avoir été inspiré par une idée philosophiquement généralisée, idée à laquelle les aventures particulières ne sont que des applications ingénieuses. De là nous pourrions induire la primauté de cette invention sur les autres : ajoutons qu'une forme antique et traditionnelle dans les chants des montagnards, caractérise aussi son antériorité : « *Pourquoi les montagnes sont-*« *elles noires? Pourquoi sont-elles tristes? Est-ce que le* « *vent les tourmente? Est-ce que la pluie les bat? Ce n'est* « *point le vent, ce n'est point la pluie... c'est que Caron* « *passe, etc.* » On trouve ce même tour interrogatif et dénégatif dans plusieurs des plus vieilles chansons populaires de l'Épire, et originairement dans celle de Boukovallas.

Le fonds tout idéal du chant de Caron éclate d'un bout à l'autre, par l'effet des couleurs répandues sur les regrets des êtres arrachés aux diverses jouissances que la vie leur prodigue à tous les degrés de leurs âges; et le dernier trait de sensibilité profonde qui conclut le tout est pénétrant et sublime.

L'expression grecque ανδρογυνα, signifiant en un seul mot la réunion des deux sexes, est, je crois, heureusement passée en notre langue par cette expression équivalente, les *couples aimans,* qui sous un nombre égal de syllabes désigne les deux sexes réunis, et de plus leur attachement mutuel.

SKILLAGINE.

L'aquilon courbe les bruyères :
Sur un toit pastoral plane un sombre vautour;
Il attriste d'un cri les berceaux d'alentour.
Skillagine, sur lui, nymphe aux noires paupières,
Au corsage élancé comme un jeune cyprès,
Jette ses yeux brillant de subtiles lumières.
Une fierté champêtre anime ses beaux traits.

« Dans l'ombre est-ce que tu t'égares?
« Ou d'un présage, oiseau, voudrais-tu m'affliger?
« Trois braves sont venus chez un soldat berger.
« Leur zèle s'était joint à nos fiers Pallikares :
« Vaincus, tous trois fuyaient sur le Pinde indompté.
« Mon père est généreux, périssent les avares!
« Il leur ouvrit le seuil de l'hospitalité.

« Ce réduit leur semble un repaire :
« La solitude pèse à leurs ennuis errans.
« Ils souhaitent revoir le doux pays des Francs :
« La patrie à leurs cœurs comme aux Grecs paraît chère.
« Mais, perdus en nos monts, ignorant nos sentiers,
« Point de retour pour eux, si la main de mon père
« N'eût guidé l'un des trois au port des nautonniers.

« Dans ces rocs d'où l'aigle s'élance,
« C'est moi, lui disait-il, qui conduirai tes pas :
« Mais ma fille et mon toit n'ont d'appui que mon bras.
« A tes frères armés je fie en notre absence
« Ma fille, hélas, sans mère, et seule dans nos bois :
« Et si le janissaire en mon foyer s'avance,
« Son salut accroîtra l'honneur de leurs exploits.

— « Ce ciel pur te cache un orage,
« Jeune fille! frémis, dit l'autour menaçant.
« Tes yeux les ont charmés, et ton père est absent.
« En mon vol j'ai surpris leur coupable langage.
« Ta pudeur n'a contre eux de défense que toi :
« Fuir, tu ne peux; te plaindre est provoquer l'outrage :
« Rentre, et qu'un front serein déguise ton effroi. »

Elle, avec un triste sourire ;
« Consolez-vous, amis, à la table du soir :
« Puisez au vin, dit-elle, et la joie et l'espoir...
« J'entends ce que de moi votre gaîté désire...
« Mais je fais un jaloux si je fais un heureux :
« Que l'un soit préféré, l'autre osera le dire :
« Mon secret est plus sûr en vous aimant tous deux. »

Votre vue est déjà voilée,
Jeunes profanateurs! abusés par ses ris,
Vous tombez sous le fer plus enivrés qu'épris.
La lune alors brillait sous la voûte étoilée;
Et le torrent voisin roulait à flots d'argent.
Elle entraîne leurs corps; et pâle, échevelée,
Les jette au noir vautour sur ses bords voltigeant.

« O proie à ma faim accordée,
« Ici je t'attendais! cria l'oiseau fatal:
« Héros du mont Olympe, où l'aigle est mon rival,
« Nourri de votre audace au carnage guidée,
« Quand de votre jeunesse il dévore la fleur,
« Sa serre en votre sang s'accroît d'une coudée,
« Son aile d'une brasse allonge son ampleur.

— « Laisse, oiseau! leur dépouille impure.
« Ah! ne t'abreuve pas de leur sang enflammé:
« Le sein qui le reçoit en est envenimé.
« Qu'au lit des eaux tous deux cherchent leur sépulture:
« Ou, si tu t'en repais, tes plumes tomberont;
« Et, servant à tracer ma funeste aventure,
« Diront ce double meurtre... et des vengeurs viendront. »

Sous l'ombre du chêne et du tremble,
Skillagine aux yeux noirs errait à pas troublés.
Enfin trois longues nuits, trois jours sont écoulés.
L'écho gronde, elle écoute; et l'air siffle, elle tremble:
Mais l'écho, l'air lui dit: « Voici l'hôte étranger;
« Son guide le ramène. » Elle les voit ensemble;
Et, pâle, vers son père accourt d'un pied léger.

S'offrant de deux glaives chargée ;
« Ferme ton seuil, mon père, à son sinistre abord ;
« Ses frères ne sont plus, et tu me dois sa mort.
« Il vengerait leur sang ; ma pudeur s'est vengée. »
Le guerrier frissonna : mais le pâtre pieux ;
« Le ciel arma, dit-il, ta faiblesse outragée :
« Mais la tête d'un hôte est sacrée à mes yeux.

« Toi, fils des races étrangères,
« Va-t'en, pars : de nos monts je t'ouvris les chemins :
« Ton trajet aux nochers est payé par mes mains :
« Pars, jeune homme ; et nos soins inhumeront tes frères.
— « Anathème sur vous ! dit le brave irrité.
— « Ah ! plutôt, malheureux ! maudis les téméraires
« Qui profanent l'abri de l'hospitalité. »

NOTICE.

Voici un fait historique qui peut-être semblera le plus extraordinaire de tous ceux qui ont signalé les mœurs courageuses des familles de la Thesprotie.

On retrouve dans cette narration quelques-uns des vers d'une pièce intitulée *la Mère moréate :* ces vers peignent des oiseaux dévorant un jeune homme expiré, qui dit à l'un d'eux : « *Mange, bon oiseau, les épaules d'un brave : ton aile « en deviendra plus grande d'une aulne et ta serre d'un « empan.* » J'avais, dans le chant du mont Olympe, déjà traduit cette même hardiesse ici renouvelée : mais j'en avais ennobli le dernier trait, en supprimant l'énonciation de nos mesures en usage appliquée à l'accroissement des ailes et des ongles de l'aigle : il me restait à prouver que le reste de cette figure pouvait encore passer en vers, et je crois avoir réussi à le rendre, en changeant les synonymes de la comparaison qu'une locution commerciale traduisait plus vulgairement que fidèlement, puisque les termes diffèrent dans la langue grecque et dans la nôtre.

L'héroïsme de la pudeur, dans la jeune montagnarde, de seize à dix-sept ans, dont je trace l'aventure véritable, ne frappe pas moins d'étonnement que d'effroi; et l'exemple terrible de la moralité qu'elle doit imprimer aux vagabonds qui mésusent de la confiance hospitalière, méritait d'être consacré par la poésie.

CHANT

DE

JANAKITZA.

Battu des vents de la tempête,
Assailli par l'onde et les feux,
Les foudres grondent sur ma tête,
A mes pieds les flots orageux.
Les airs sifflent dans la tourmente,
La mer irritée, écumante,

Semble un vaste gouffre sans bord :
Nul fanal; mais le bruit et l'ombre,
Des vagues, des écueils sans nombre,
Où l'ancre appelle en vain un port.

Les cieux obscurs n'ont plus d'étoiles :
L'abîme est prêt à m'engloutir.
Vais-je, hélas! en rouvrant mes voiles,
Me sauver, ou m'anéantir ?
Mes agrès, dernière espérance,
Ils se brisent... Ah! ma constance
Vaincra l'Océan et la mort :
Ancre du salut, le courage
Peut seul ravir l'homme au naufrage,
Et triompher des coups du sort.

NOTICE.

On trouve dans les ouvrages de Guys et de Bartholdi des traductions diverses faites en prose de ce morceau, dont le texte m'a été procuré par les cahiers de M. Buchon. La leçon philosophique renfermée en ce chant nous enseigne à ne jamais nous laisser abattre par le malheur et par le danger au milieu des traverses les plus orageuses de la vie. C'est la plus utile qu'on puisse donner aux hommes ; et le poëte valaque qui la met en action dans ses vers nous la présente, à la manière d'Horace, sous l'image la plus animée.

CHANT

DE

COLOKOTRONIS.

Qu'attendez-vous, fils de la Grèce,
Pour combattre et vous réunir?
L'étranger peut-il retenir
Votre colère vengeresse?
Que vous reste-t-il? quel recours?
Rien que le mousquet et l'épée.

Sauvez par de vaillans secours
La liberté de sang trempée :
Ses lois revivront pour toujours,
Si la tyrannie est frappée.
Voici l'instant d'un triomphe assuré.
Marchez unis : le combat est sacré.

Guerre!... La nôtre est-elle inique
Comme celle des rois pervers?
La nature, l'horreur des fers
Nous commande un zèle héroïque.
C'est Dieu, moteur de l'univers,
C'est l'Évangile qui nous crie :
Frappez les bourreaux des chrétiens.
Lois, mœurs, vertus, honneur, patrie,
La vie, hélas! source des biens,
Nous sont ôtés par la furie
De l'Ottoman sanguinaire, abhorré.
Armons-nous tous! le combat est sacré.

Nobles Grecs! pourquoi vers le pôle
Tourner nos yeux et notre espoir,
Si notre cause est sans pouvoir,
Quand l'hérétique nous immole?
Nos pleurs n'ont point ému le nord :
Le despotisme est son idole.

Le Czar se tait; son sceptre dort:
Et d'Albion les chefs cupides,
Aux trônes vendant notre mort,
Font des rois les témoins stupides
Du sort affreux qui nous est préparé.
Guerre au croissant! le combat est sacré.

Si les cours ne sont accessibles
Qu'à nos ardens persécuteurs;
Si le Turc a des zélateurs
Non moins furieux qu'insensibles;
Voyez sans peur l'iniquité
Ourdir la trame la plus noire :
Votre mâle intrépidité
Brisera le joug avec gloire.
Union, force, et volonté,
Sont les garans de la victoire.
Des fers bientôt le brave est délivré.
Guerre aux tyrans! le combat est sacré.

Levez-vous, courageux Hellènes!
Ces vils Turcs vous ont mutilés,
D'un pied sanglant vous ont foulés,
Vendus, flétris, chargés de chaînes :
En monstres, ils se sont roulés
Au sang dont s'enivrent leurs haines :

L'incendie et l'assassinat
Suivent ces hordes inhumaines.
Amis ! que l'ardeur du combat
Bouillonne dans vos nobles veines.
Frappez le Turc de vengeance altéré :
Versez son sang : le combat est sacré.

Le sang des tyrans homicides
Au seul nom de Christ écumans,
Toujours de carnage fumans,
Toujours de dépouilles avides ;
Le sang des ennemis cruels
De Dieu, de nos lois tutélaires ;
Le sang de ces Turcs criminels,
Versez-le : vengez-vous, mes frères !
Vengez vos aïeux, vos autels,
Votre patrie et vos misères.
L'enfer attend l'Osmanlis exécré :
Le ciel vous voit : le combat est sacré.

NOTICE.

C'est au nom de Colokotronis que ce beau chant fut consacré par l'inspiration de son auteur. On le doit au génie patriotique de Kanélos, docteur grec, originaire de Chio, né à Constantinople, et mort en 1823, dans l'île de Candie : il était médecin et conseiller du gouverneur de cette île. La personne de qui je tiens le texte de cet hymne militaire en reçut la copie de lui-même, il y a quelques années. Nous n'avons plus à craindre, en le nommant, de l'exposer au danger d'être puni des vertueux sentimens que ses vers ont exprimés contre les oppresseurs de la terre classique des poëtes libres. Cette pièce, inédite en France, m'est parvenue trop tard pour la ranger au nombre des chants guerriers, auxquels son genre la rattache : mais quelle que soit sa place dans une publication, nous pensons qu'elle prendra celle qui lui est propre, et qu'elle la gardera dans la mémoire, comme les fameux hymnes de Tyrtée récemment traduits encore, avec une heureuse énergie, par le docte M. Firmin Didot, père, dont je m'honore d'être l'ancien ami.

NOTE SUR L'ÉLÉGIE INTITULÉE

LES AMANS DE BAYONNE.

La partie de ce recueil qui commence par une complainte sur *la Fiancée de Constantin*, dont le lecteur aura conservé le souvenir, je la termine par une élégie de la même espèce, sur la mort soudaine des *deux Amans de Bayonne :* mais celle-ci n'appartient au genre des chants grecs que par mon imitation des poëtes qu'inspirait l'antique mythologie, dont j'ai appliqué les couleurs à une histoire récente et locale. Ce morceau que j'ai composé autrefois n'est encore entré dans aucune édition régulière. J'ai pensé que le rapprochement des deux modes d'exécution anciens et modernes serait instructif, et qu'on aurait quelque plaisir à voir les rapports du fond pathétique des deux aventures, et les différences des méthodes poétiques mises en usage par le même écrivain. Celle de l'antiquité, qu'il faut toujours prendre pour type et pour modèle supérieur, offrira, je crois, des formes perfectionnées, plus suaves et plus gracieuses.

LES AMANS

DE

BAYONNE.

FAIT HISTORIQUE.

Muse, pleure avec moi, pleure, en touchant ta lyre,
Le malheur que Pyrène en pleurant m'a conté!
Du sort de deux amans ma tristesse soupire,
Et j'en veux émouvoir l'avenir attristé.

A la rose des champs Psycale était pareille;
Le jeune Amour fit naître et croître cette fleur :
Angèle était brillant comme l'aube vermeille;
Ils s'aimaient; et des lis l'éclat cédait au leur.

Muse, plains avec moi l'injustice cruelle
De l'œil qui poursuivit leurs innocens amours,
Et les força de fuir dans un lieu qui recèle
La sauvage union des hydres et des ours!

Seul et non loin des murs de l'antique Bayonne,
Angèle, promenant sa rêveuse langueur,
Au pied d'un rocher nu voit la mer qui bouillonne,
Et, comme sur les flots, le trouble est dans son cœur.

Muse, dis avec moi quel fut l'avis perfide
Qu'à cet amant donna la nymphe de ces bords,
Qui, jalouse de lui, leva sa tête humide
Sur le mouvant cristal où nageait son beau corps.

« Vois s'avancer ces rocs sur la vague brisée :
« Ce seul rivage mène en leurs enfoncemens;
« Une haute caverne en leurs flancs est creusée,
« Temple ignoré qui s'ouvre à l'hymen des amans. »

Muse, plains, à ces mots, l'allégresse fatale
Du jeune homme ravi, palpitant, hors de soi,
Dont le cœur, appelant la timide Psycale,
La devance au refuge où l'attire sa foi.

Tous deux vont sous la grotte, enivrés d'être ensemble.
Un lit d'algue et de mousse est dans l'antre discret.
L'amant s'élance aux bras de l'amante qui tremble...
Le mystère les couvre, et je tais leur secret.

Muse, entends avec moi l'écho de leur demeure
Répondre à l'Océan qui menace alentour.
Eux, n'écoutant plus rien, oubliaient jusqu'à l'heure
Où Phébé le ramène envahir ce séjour.

Aveuglés de leur joie, et perdus en eux-mêmes,
Quand le jour en fuyant laissait entrer le deuil,
Ils se disaient encor : « Je t'adore, tu m'aimes,
« Jamais de cet abri n'abandonnons le seuil!

Muse, pleure sur eux! que ta lyre frémisse!
Pleure ces deux époux! ils n'ont point vu marcher
Les eaux où la Nuit veut que leur lit s'engloutisse!
Un flot que suit la Mort a fermé le rocher.

O terreur!... leurs regards se tournent vers les ondes
Qui, se gonflant de rage, ont clos l'antre écumeux :
Et, telle que Scylla, sous les roches profondes,
La mer de toutes parts hurle contre tous deux.

Muse, redis quels cris mille flots repoussèrent!
Peins-toi de ces amans la soudaine pâleur!
Dis avec quel effroi leurs beaux corps s'embrassèrent;
Dis en quel long naufrage expira leur douleur!

La mer, d'horreur emplie, et bientôt fugitive,
Rendit aux mêmes lieux, à leurs tyrans punis,
Ces objets de son crime étalé sur la rive,
Ces amans que la mort n'avait pas désunis.

Muse, pleure avec moi, par le chant le plus tendre,
Dans un hymne plaintif et qui dure toujours,
Cette Héro nouvelle et ce nouveau Léandre,
Dont la jalouse mer éteignit les amours!

NOTICE COMPLÉMENTAIRE.

Le texte des belles odes de Kalvos, imprimées à Genève, vient d'être littéralement traduit par M. Julien-Stanislas, non dans un langage sec et vulgaire, mais avec autant d'élégance et de pureté que d'exactitude. Ce serait donc inutilement que la poésie tenterait d'unir les charmes des versions cadencées à ceux qui nous ont séduits dans sa prose harmonieuse. Le fond des idées et des sentimens du poëte de Zante n'éclaterait pas mieux par l'effet de la mesure et des rimes. Il en est de même à l'égard du Dythirambe de Dionysios-Salomos, autre poëte de Zante, que l'inspiration, et le goût exercé du même traducteur ont reproduit dans notre langue à la manière classique. Ces morceaux composés à l'imitation des anciens lyriques mythologues, et sous les formes accoutumées de nos bonnes écoles modernes, n'ont pas besoin, je pense, d'être remaniés plus artistement pour être offerts à notre étude et à la curiosité des connaisseurs. Les chants des *montagnards et des matelots grecs*, au contraire, étant les fruits d'esprits incultes, et en quelque sorte la révélation de la verve native et passionnée de rapsodes errans, exigeaient tous nos soins et tous nos efforts pour les fixer dans la mémoire à l'aide des vers qui peuvent seuls en rendre fidèlement la vigueur spéciale, l'élan et le coloris.

Les odes de Kalvos et de Dionysios-Salomos sont comparables à ces nobles fleurs dès long-temps acclimatées, et cultivées sur notre antique Hélicon par les poëtes habiles : les autres chants, tout populaires, ressemblent à ces plantes vivaces, irrégulières, fortes, et riches de couleurs tranchées, dont la végétation hardie, vagabonde, étonne les yeux qui les découvrent parmi les ronces, entre les rocs sauvages, et sous les cavernes dont elles percent l'abri, et qu'elles embellissent de leur parure verte et diaprée.

J'exprimerai les mêmes raisons de ne point versifier un hymne funèbre en l'honneur de lord Byron, de qui la mort a été déplorée par les accords aussi touchans qu'élevés d'une jeune improvisatrice grecque. Mademoiselle Palli, née dans l'Épire, à Jannina, poëte et musicienne, et, comme mademoiselle Delphine Gay, muse âgée de dix-neuf ans, déjà renommée par le talent, les connaissances variées, le génie, et des improvisations de tragédies entières, imprimées, et déclamées par elle en langue italienne sur les théâtres de l'Italie, était digne de célébrer le *Tyrtée breton*, et de dire à l'Angleterre en ses strophes brillantes :

« La douce mère des Muses a donné à Byron le Parnasse « pour tombeau : il accourut partager les périls des héros ; « qu'il ait donc sa tombe dans la terre héroïque ! »

Si j'ai tâché de conserver par mes versions, et d'acquérir à notre poésie les chansons originales de l'Épire et de la Morée, c'est que leurs auteurs sont morts sans avoir pu les multiplier en d'autres idiomes que le leur : mais je n'oserais toucher à celles des chantres vivans, quand leur conformité avec les nôtres permet à la prose de les reproduire, et suffit à nos recherches. La plupart des écrivains grecs, aujourd'hui versés dans toutes les littératures de l'Europe, peuvent faire passer eux-mêmes les beautés et les finesses de leurs textes en plusieurs langues différentes, dont leur savoir leur a déjà révélé les ressources. Ils sont de meilleurs et de plus sûrs interprètes que nous de leurs pensées, et des créations de leur sincère amour de la liberté. J'ai dû m'abstenir de tout essai superflu pour l'avancement de l'art, et craindre, par des tentatives indiscrètes, de priver le public des richesses que nous promet la culture plus fructueuse de leur propre génie.

Les Grecs, si ingénieux dans leurs narrations, qui renferment plus de choses que de mots, le sont autant dans leurs contes et dans leurs fabliaux en prose. On en jugera par un de ceux que je joins à cette édition, et qui n'a paru dans aucune.

L'historiette suivante ajoutera quelque agrément à la diversité des chansons et complaintes que j'ai choisies au nombre de celles qui nous sont parvenues. *Rodia* rappellera sans doute le souvenir de *Cendrillon*, autre narration originaire de la Grèce, où cette fable présente des différences qui la distinguent particulièrement du conte que nous avons lu dans l'enfance, et applaudi sur nos théâtres lyriques depuis que le spirituel M. Etienne l'a mis en action à la scène. Celui de *Rodia* ne se prête point, par son espèce et par sa longueur, à être versifié ; et je l'offre tel que je l'ai reçu de la personne qui l'a traduit, et confié, pour m'être remis, à M. Nicolo-Poulo.

Mademoiselle Sévastie de Soutzo, fille de la princesse Marie de Soutzo, a retenu de mémoire la tradition de cette aventure romanesque qu'elle avait entendu souvent raconter à Constantinople : son éducation remarquable, lui ayant rendu familière la langue d'Homère et de Pindare, lui a facilité le moyen de rédiger élégamment en grec ce récit, dont le merveilleux a de l'analogie avec les fables milésiennes. Elle a de plus fait elle-même la traduction de son propre texte en notre langue, qui ne lui est plus étrangère, et m'a permis d'enrichir mon recueil de ce gracieux ouvrage, qui lui appartient tout entier.

RODIA.

CONTE GREC.

Un vieillard était père de trois filles. La plus jeune d'entre elles joignait à une beauté rare toutes les perfections de l'esprit et de l'âme. Les deux aînées, extrêmement jalouses, et ne pouvant souffrir cette supériorité dont tout le monde parlait, se décidèrent à consulter le Soleil. Un jour elles se mirent à la croisée, et dirent : « Soleil, brillant Soleil, toi qui parcours le monde, « quelle est celle de nous qui l'emporte par l'éclat de « ses charmes ? » Le Soleil leur répondit : « Je suis beau,

« vous l'êtes aussi; mais votre sœur cadette nous sur-« passe en beauté. » La réponse du Soleil les transporta d'un tel accès de fureur, qu'elles résolurent la mort de Rodia; c'était le nom de leur sœur. Elles lui proposèrent donc d'aller cueillir des herbes pour préparer le souper de leur père. Rodia y consentit, et accompagna ses sœurs avec confiance. Celles-ci, après l'avoir menée assez loin de la maison paternelle pour qu'il lui fût impossible de la retrouver, l'abandonnèrent et s'en retournèrent seules. La bonne Rodia, s'étant aperçue de son isolement, ne s'en prit qu'à elle-même, crut s'être égarée par sa faute; et, sans accuser personne, elle pleurait amèrement.

La nuit, qui rend tout plus terrible, augmentait le désespoir de cette malheureuse. Enfin elle vit de loin un brillant cortége qui se dirigeait de son côté; c'était Nyctéris, déesse de la nuit, qui, après avoir fait ses courses mystérieuses, retournait vers sa demeure. Tout à coup, frappée des accens plaintifs et des sanglots de la belle, Nyctéris s'arrêta pour en pénétrer la cause, et vit une jeune fille tout en larmes. La déesse alors lui demanda par quel hasard elle se trouvait seule dans ce lieu; et, d'après son récit naïf, elle lui proposa de l'adopter maternellement. La pauvre Rodia accepta l'offre, et suivit la déesse. Nyctéris, à peine arrivée chez elle, lui donna l'inspection de son palais, et remit entre ses mains tout ce qu'elle avait de plus précieux;

car la bonté naturelle et la douceur de Rodia charmèrent tellement la déesse, qu'elle conçut pour elle la plus vive tendresse, et ne songeait qu'à lui rendre la vie heureuse. Mais laissons-la pour un moment, et revenons aux deux méchantes sœurs. Bien que persuadées de la mort de Rodia, elles voulurent néanmoins demander encore au Soleil quelle était la plus belle. Il leur fit la même réponse. Alors elles lui déclarèrent que Rodia était morte depuis long-temps; mais le Soleil leur assura qu'elle vivait dans le palais de Nyctéris. Leur jalouse méchanceté n'eut pas de borne à cette nouvelle. Sans perdre de temps, elles prirent un mouchoir ensorcelé, qui, par son pouvoir magique, devait faire mourir la personne qui le porterait, et allèrent l'offrir à leur sœur. La joie de l'innocente Rodia ne peut pas se décrire lorsqu'elle vit ses sœurs qu'elle adorait et qu'elle croyait perdues pour elle: sa bonté les reçut avec un plaisir inexprimable, leur fit l'accueil le plus amical, et leur offrit tout ce qu'elle possédait; elle ne pouvait plus s'en séparer. Elles, de leur côté, feignant le plus sincère contentement de son heureuse destinée, la prièrent de recevoir le mouchoir enchanté, comme un faible gage du souvenir de deux sœurs qui la chérissaient tendrement. Rodia accueillit ce don perfide comme une chose précieuse, et aussitôt après leur départ, elle mit le mouchoir sur son cou, ce qui soudain causa sa mort. Nyctéris, de retour, s'empressa à son ordinaire d'aller dans la chambre de sa fille bien-aimée. O surprise! elle la retrouve sans vie. D'abord elle crut rêver; mais, reconnaissant que sa perte était trop réelle, elle mit tout en œuvre pour deviner la cause d'un si grand malheur : elle ne put y réussir; car personne n'en soupçonnait la moindre circonstance. Nyctéris, désespérée, s'approcha d'elle pour lui adresser le dernier adieu, et vit sur son sein un ornement qu'elle n'avait jamais porté; elle le lui ôta, et, subitement ranimée, Rodia reprit ses sens. Il est difficile de peindre la joie de la déesse, qui lui adressa mille questions pour apprendre d'où venait cette parure mystérieuse, et lui défendit à l'avenir de recevoir personne sans sa permission; car Nyctéris, aussi pénétrante que sage, devina, par les récits de sa protégée, le secret de cette triste aventure. Mais Rodia, n'attribuant son malheur qu'au hasard, non-seulement n'eut pas le moindre ressentiment contre ses sœurs, mais elle fut sincèrement affligée de l'expresse défense de les revoir. Ces méchantes créatures ne lui laissèrent pas un long repos; et, s'adressant de nouveau au Soleil, lui firent la même interrogation, et en reçurent la même réponse. Elles imaginèrent alors de prendre une pastille de gomme enchantée pour l'offrir à leur sœur, puis se rendirent chez elle. Mais il ne leur était plus permis de l'approcher; elle parut seulement à la fenêtre, et, les larmes aux yeux, leur dit que sa mère lui avait défendu de recevoir personne.

Les sœurs, feignant la plus grande douleur, la prièrent d'accepter une pastille parfumée qu'elle pouvait prendre à l'aide d'un fil qui la ferait monter jusqu'à elle. Elle reçut la pastille, la mit dans sa bouche, et mourut. Nyctéris, de retour, demanda comment Rodia se portait; on lui répondit qu'elle était morte. La déesse parut d'abord inconsolable : cependant l'espoir de la faire revenir comme la première fois, l'engagea à fouiller dans tous les replis de ses vêtemens ; mais ce fut en vain : comment deviner le charme qui la tenait évanouie? Ses recherches inutiles la réduisirent au désespoir. Il fallut qu'elle se séparât enfin de sa chère Rodia; mais elle ne put se résoudre à lui donner la sépulture, pensant que quelque autre parviendrait peut-être à dévoiler le mystère. Remplie de cette idée consolante, elle ordonne aussitôt que l'on construise un cercueil d'argent; et, après avoir paré Rodia de ses plus brillans atours, elle l'y enferme, met le cercueil sur un beau cheval, et le laisse aller au hasard. Le coursier, errant sans guide, l'emporta au travers des contrées voisines, où régnait un prince le plus beau jeune homme de son temps. Ce jeune roi, étant le même jour à la chasse, rencontra le cheval sur son passage. Étonné de sa légèreté et de l'aspect du fardeau brillant dont il était chargé, il s'en approche, et, le voyant sans maître, il ordonne qu'on s'en empare, et qu'on le mène au palais. Là, ses ordres font ouvrir la caisse. Quelle fut sa surprise de voir la plus belle femme du monde sans vie. Ce qu'éprouva le jeune homme est au-dessus de toute expression : un trouble nouveau égara son âme émue par la singularité de ce spectacle : la présence de tant de charmes, quoique inanimés, l'embrasa d'un tel amour, qu'il ne s'éloignait du cercueil ni jour ni nuit, qu'il fuyait toutes les distractions, tous les conseils, tous les objets qui pouvaient l'en séparer, qu'il ne prenait plus d'alimens, et qu'il était privé de tout sommeil. La reine, sa mère, témoin du dépérissement de son fils unique, ne savait à quelle passion attribuer ses chagrins. Après mille perquisitions vaines, elle résolut un jour, pendant l'absence de son fils, d'entrer dans sa chambre pour voir ce qui le retenait enfermé ; en y entrant, elle aperçoit le cercueil d'argent ; elle court, l'ouvre soudain, et trouve le corps de la belle Rodia. D'abord elle en admira la rare beauté, mais préjugeant bientôt qu'elle était sans doute la cause du malheur de son fils, elle la tire avec colère par les cheveux, et la soulevant avec force, fait heureusement tomber la pastille enchantée des lèvres de la belle. Aussitôt Rodia revint encore à la vie.

On ne saurait donner une juste idée de tout l'étonnement de la reine à cette vue. Elle pleura d'allégresse ; elle l'embrassa ; et, dans son ravissement, lui jura qu'elle serait l'épouse de son fils. A peine instruit par un prompt message de cet heureux miracle, le jeune prince accourut, vit Rodia dans les bras de sa mère, la reçut d'elle-même, et l'épousa. Ce bonheur ne fut pas de longue durée; car la méchanceté des deux sœurs ne tarda pas à l'empoisonner. Elles interrogèrent pour la troisième fois le Soleil sur la beauté de leur sœur. Il leur répondit qu'elle était la plus belle reine du monde, et qu'elle portait dans son sein le fruit de son union. Ces méchantes filles n'avaient pu la souffrir seulement belle; or, on présume aisément qu'il leur fut plus impossible encore de la supporter reine. Elles imaginèrent de s'annoncer comme les plus habiles sages-femmes du royaume, et de parvenir ainsi à leur but; ce qui ne leur réussit que trop bien. Elles se présentèrent, furent admises, et exigèrent que tout le monde sortît des appartemens de la reine, sous prétexte qu'on pourrait jeter un sort sur son enfantement. Étant donc restées seules, elles enfoncèrent une épingle ensorcelée dans la tête de l'accouchée. Cette épingle la métamorphosa en un petit oiseau qui s'envola ; et une des deux sœurs se mit au lit à sa place. Le prince, averti de la naissance d'un fils, courut dans les appartemens de sa femme, et resta stupéfait de ce prompt changement. Elle, devinant sa pensée, prévint ses questions, et lui dit : Voyez-vous, sire, combien mes souffrances ont altéré mes traits ? Le roi feignit de n'en avoir pas fait l'observation ; mais son cœur se refroidit après avoir contemplé l'objet de cette fâcheuse métamorphose.

Il avait l'usage de déjeuner toujours dans son jardin.

Un jour qu'il y était à rêver solitairement, il vit un joli petit oiseau qui, s'étant approché, lui dit: Prince, la reine-mère, le roi et le jeune prince ont-ils bien dormi la nuit passée? Sur la réponse affirmative du roi, l'oiseau répondit : Que tous dorment du sommeil le plus doux; mais que la jeune reine dorme d'un sommeil sans réveil, et que tous les arbres que je traverse se sèchent. En achevant ces paroles, l'oiseau fendit les airs, et partout où il passa, la verdure et les fleurs se flétrirent, et tout devint aride. Les jardiniers, affligés, demandèrent au prince s'il leur permettait de tuer l'oiseau malfaisant; mais il leur défendit sous peine de mort de lui faire le moindre mal. Durant une suite de jours, le petit oiseau revint, et la douce voix du prince l'apprivoisa tellement, qu'il restait sur ses genoux, et déjeunait avec lui. Cette familiarité donna au jeune roi l'occasion d'observer mieux la rareté de son plumage; il vit sur sa tête une épingle. Cette découverte le frappa vivement; il osa la lui arracher, et sa véritable femme reparut devant lui beaucoup plus belle encore qu'auparavant. Sa surprise et son trouble le retinrent pendant quelque temps immobile et muet; mais enfin, revenant à lui-même, il voulut s'instruire de la vérité, et se fit raconter jusqu'aux moindres circonstances de cet étrange événement. Dès qu'il fut bien informé de toutes les ruses des deux méchantes sœurs, il les fit saisir, et les condamna l'une et l'autre à un supplice bien digne du crime dont elles s'étaient rendues coupables. En vain la sensible Rodia sollicita leur grâce par d'instantes prières, le roi ne se laissa pas fléchir : elle n'en essuya jamais que ce seul refus. Mais la déesse Nyctéris apparaissant à leurs yeux, et touchée de l'affliction de sa fille adoptive, commua l'arrêt que la vengeance dictait à son royal époux, en lui prescrivant d'offrir aux deux criminelles le choix de périr, ou de vivre témoins du perpétuel bonheur de leur sœur cadette, sans jamais pouvoir lui nuire. Ces envieuses créatures ne tardèrent pas à mourir de jalousie.

FIN.

TABLE

DES

MATIÈRES.

Chants héroïques.

Chansons et Complaintes populaires.

ERRATA.

Page 14, *au lieu de*,

Non, l'aspect des drapeaux que l'air au loin dépolie,

Lisez, que l'air au loin déploie.

Page 37, *au lieu de*, et ne nomme ni même ne fait entrevoir le personnage, etc.

Lisez, et ne fait pas même entrevoir, etc.

www.ingramcontent.com/pod-product-compliance
Ingram Content Group UK Ltd.
Pitfield, Milton Keynes, MK11 3LW, UK
UKHW021535260726
13993UKWH00002B/519

9 782329 425832